Papá, ¿quién inventó...?

Ilan Brenman

ILUSTRACIONES DE
AnnaLaura Cantone

EDELVIVES

Un día estaba en mi despacho intentando escribir. Pero hacía tanto calor que aquello parecía un auténtico horno y las palabras se negaban a abandonar el frescor de mi mente. Así que decidí abrir la puerta y ventilar un poco la imaginación leyendo algún libro de mi biblioteca.

Cuando aún tenía la mano en el picaporte de la puerta,
vi a mi hija que estaba sentada con mi libro italiano gigante,
el que era nuestro favorito.

Para todos los curiosos del mundo.

Ilan Brenman

¡Nunca dejes de soñar!

AnnaLaura Cantone

Nuestras miradas se cruzaron, intercambiamos una ligera sonrisa y, como un radar ultrasónico, empecé a buscar a alguien más rondando la zona. Pero al parecer esta vez mi hija estaba sola, acariciando cada una de las páginas del libro italiano gigante. Me senté a su lado y, como ya sospechaba, comenzaron las preguntas:

—Papá, ¿quién inventó el **papel**?

—Los chinos, hija —respondí con aires de sabelotodo.

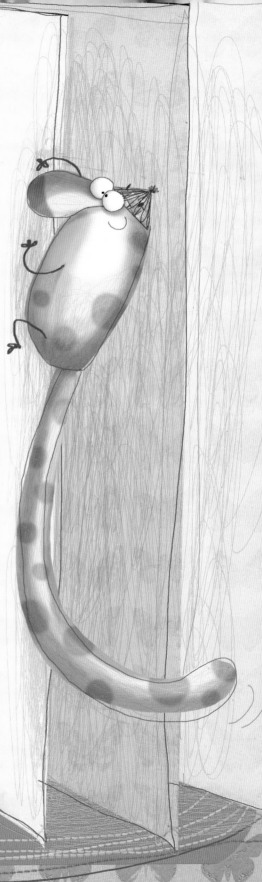

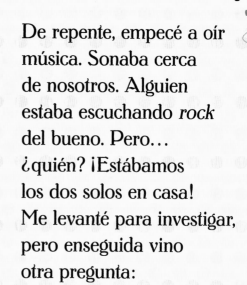

De repente, empecé a oír música. Sonaba cerca de nosotros. Alguien estaba escuchando *rock* del bueno. Pero… ¿quién? ¡Estábamos los dos solos en casa! Me levanté para investigar, pero enseguida vino otra pregunta:

—Papá, ¿quién inventó el *rock?*

—Fueron unas personas de Estados Unidos que querían mover un poco el esqueleto.

3   1 9 6 2

En cuanto respondí, me levanté para proseguir la búsqueda y localizar el origen de aquel sonido. Pero la música ya no se oía; en su lugar había aparecido un rayo de sol que iluminaba el libro italiano gigante…

—Papá, ¿quién inventó el Sol? —preguntó mi hija, de nuevo.

—El Sol se originó en una explosión que tuvo lugar hace miles de millones de años.

Tras responder a la pregunta, me giré para tomar un libro sobre el origen del universo. Empecé a mostrárselo, pero la pequeña curiosa volvió a preguntar:

—Papá, ¿quién inventó las letras del **alfabeto?**

—Fueron los griegos, hija, en la Antigua Grecia.

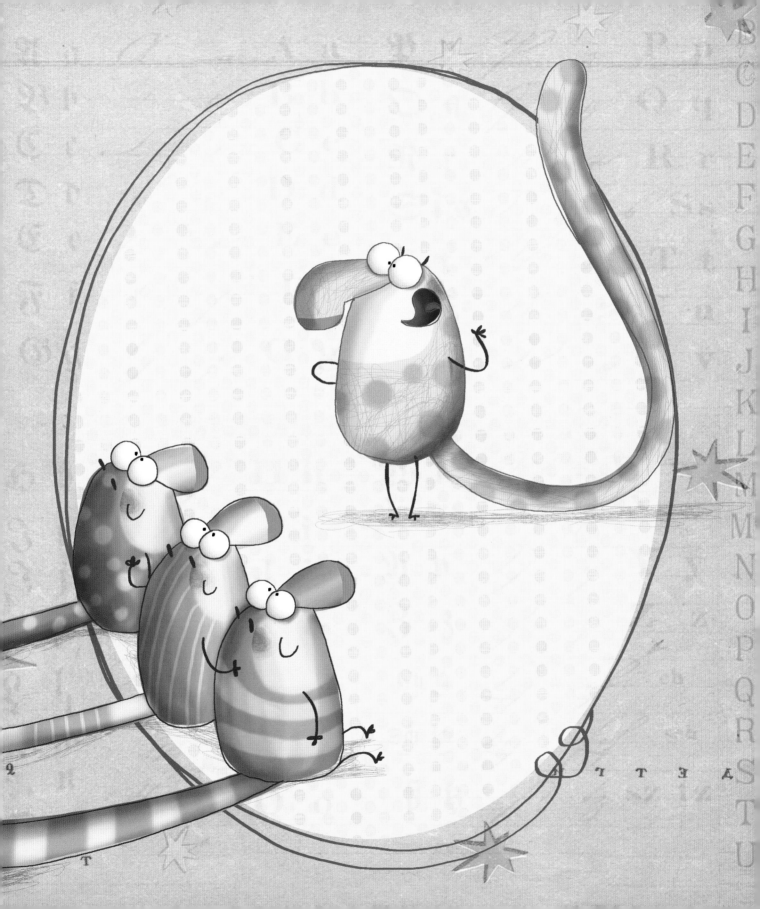

Como a mí me encanta la Antigua Grecia, no pude resistirlo y comencé a contar un montón de historias sobre los dioses y los héroes griegos. Pero cuando empecé a hablar de los espartanos y sus batallas, mi hija volvió a la carga:

—Papa, ¿quién inventó la **guerra**?

—Las personas.

Mi hija se quedó triste al hablar de la guerra,
así que le acaricié la mejilla con cariño
y enseguida llegó la siguiente pregunta:

—Papá, ¿quién inventó el cariño?

—Las personas, también.

Mi hija recuperó la sonrisa y, antes de que pudiera darme cuenta, pues los niños son más rápidos que una bala, me disparó una nueva pregunta, quizá propulsada por la energía que le había dado mi gesto de cariño:

—Papá, ¿quién inventó el **dulce de leche?**

—¡Ah, esa es una pregunta muy sencilla! Fue la abuela Diana.

Ahora estaba seguro
de que todas las preguntas
estarían relacionadas
con la comida, pues
a los dos nos gusta comer
cosas ricas. Así que,
mientras esperaba
la siguiente pregunta,
sentí cómo se me hacía
la boca agua, pero,
como siempre, mi hija
volvió a sorprenderme.

—Papá, ¿quién inventó a las **personas**?

—Algunos dicen que venimos de los monos.
Otros creen que fue Dios quien las inventó.

La pregunta me pilló desprevenido, así que ya no tenía ni idea de lo que vendría después. Miré a mi hija y noté que juntaba las dos piernas con fuerza. Antes de que pudiera decirle que fuera corriendo al baño, ¿a que no sabéis qué me preguntó?

—Papá, ¿quién inventó el **retrete?**

—¡Alguien que tenía dolor de tripa, hija!

Al oír la respuesta, mi hija soltó una pequeña carcajada y se fue corriendo a hacer pipí. Después, se lavó las manos y, rápidamente, volvió a sentarse a mi lado para preguntarme:

—Papá, ¿quién inventó la **tristeza**?

—Pues solo pueden haber sido las mismas personas que inventaron la felicidad.

Romeo y Julieta

Mi hija me miró con cara rara, como si se hubiese quedado pensando en mi respuesta. Pero, entonces, noté algo nuevo en su rostro y, antes de que pudiera decirle nada al respecto, ya os podéis imaginar lo que ocurrió.

—Papá, ¿quién inventó el **pintalabios**?

—Dicen que fue una reina egipcia muy antigua.

Lo hizo con tanta
astucia que al final
no le dije nada por
haberse pintado
los labios.

Después de hablar de tantos asuntos interesantes, las palabras, que antes estaban agolpadas en mi mente, y muertas de calor, empezaron a querer revolotear por ahí, y me entraron unas tremendas ganas de sentarme a escribir. Pero mi hija me tomó de la mano y me preguntó:

—Papá, ¿quién inventó las **inyecciones**?

—Un niño seguro que no.

Después de responder, le expliqué que necesitaba volver al despacho: mis dedos estaban inquietos, impacientes por escribir un cuento. Nada más escuchar la palabra «CUENTO», mi hija me preguntó:

—Papá, ¿quién inventó
los **cuentos**?

—Supongo que debe
de haber sido alguien
que se encontraba
muy solo.

Le hice una caricia y me levanté. Estaba entrando ya en el despacho cuando llegó la última pregunta del día, porque estaba seguro de que las preguntas continuarían al día siguiente, y al otro; a la semana siguiente, y a la otra; al mes siguiente, y al otro…

—Pero papá, entonces, a mí… ¿quién me inventó?

—Unos inventores a quienes conoces muy bien, hija: tu madre y yo.

Cerré la puerta, estiré los dedos y empecé a ventilar las palabras fuera de mi cabeza. Un nuevo cuento estaba a punto de nacer.

fin

Traducido por Jimena Licitra

Título original: *Pai, quem inventou?*

© Del texto: Ilan Brenman
© De las ilustraciones: AnnaLaura Cantone
© De la edición original: Companhia das Letrinhas, Brazil, 2016
Los derechos de esta edición han sido negociados a través
de Patricia Natalia Seibel

© De esta edición: Grupo Editorial Luis Vives, 2016

Edelvives Talleres Gráficos. Certificado ISO 9001
Impreso en Zaragoza, España

ISBN: 978-84-140-0562-0
Depósito legal: Z 1077-2016